PARIS SANS PAIR
BIBLIOTHEQUE
DE
PAUL LACOMBE

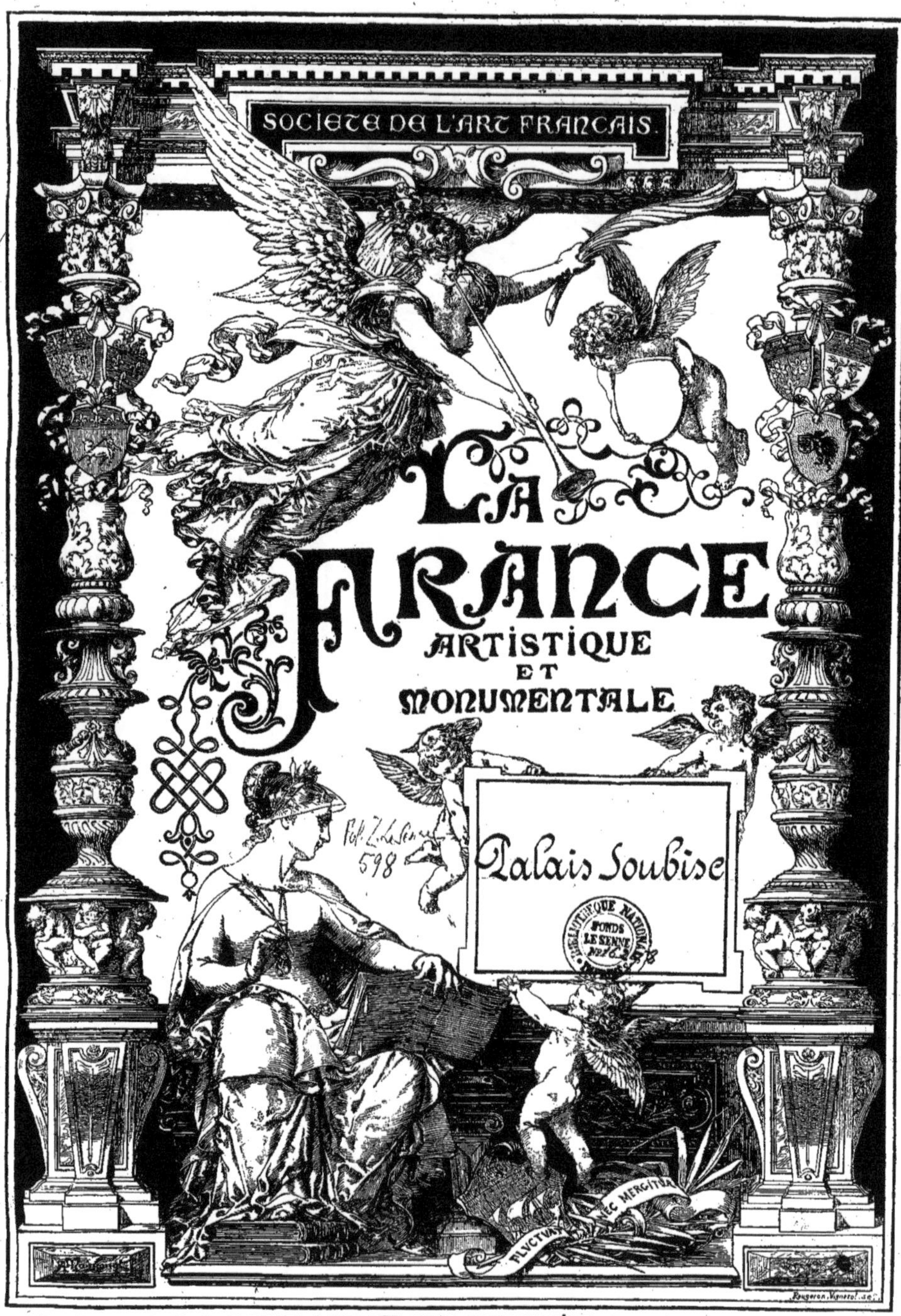

Paris. — A LA LIBRAIRIE ILLUSTRÉE, 8, rue Saint-Joseph.

HÔTEL SOUBISE

d'après la gravure de J. B. Rigaud

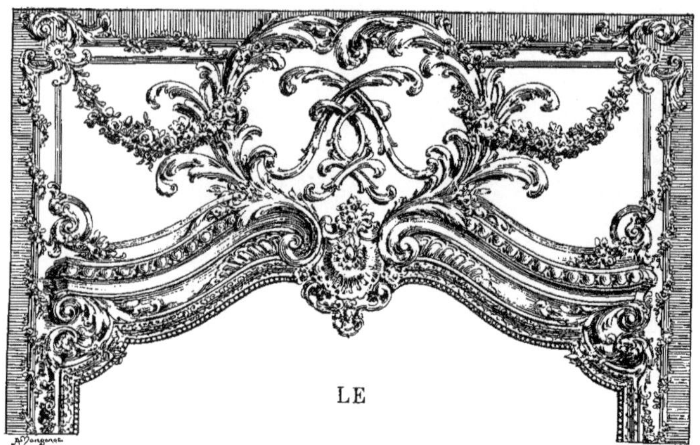

LE

PALAIS SOUBISE

ARCHIVES NATIONALES DE FRANCE

Rois époques mémorables, trois familles illustres entre toutes ont attaché leur souvenir à l'ensemble des vastes constructions où sont conservés aujourd'hui les titres les plus précieux de notre histoire nationale. Aussi, l'aspect extérieur de l'édifice que nous allons étudier évoque-t-il en même temps la mémoire de la guerre de Cent ans et du connétable Olivier de Clisson, le vaillant frère d'armes de Du Guesclin, celle des guerres de religion et de la puissante maison de Guise, celle enfin du prince de Soubise, le favori de Louis XV, l'ami dévoué de la marquise de Pompadour.

Les tourelles qui se voient encore sur le flanc gauche de la façade actuelle ont annoncé et protégé jadis la demeure du connétable de Clisson; le gros œuvre des bâtiments perpendiculaires à la façade date du xvi⁰ siècle et du temps où la puissance de la maison de Lorraine portait ombrage aux derniers descendants des Valois. Enfin, les ornements extérieurs, la décoration de la grande cour d'entrée, toutes les inventions exquises des peintres et des sculpteurs du temps de Louis XV montrent ici un des modèles les plus parfaits de l'art français appliqué à l'embellissement d'une demeure princière. Les salons et autres pièces formant jadis la demeure du prince et de la princesse de Soubise seront considérés, tant qu'ils existeront, comme le chef-d'œuvre des élégances raffinées du xviii⁰ siècle.

I

L'ancienne porte de la demeure de Clisson, percée obliquement à l'angle d'une rue supprimée, qui formait autrefois le prolongement de la rue de Braque, offre le dernier vestige d'architecture civile remontant au xive siècle, subsistant encore à Paris. Ces tourelles robustes gardent les caractères particuliers de l'époque féodale : épaisses murailles, fenêtres étroites à croisillons de pierre, mâchicoulis ménagé au-dessus de la porte principale. Tout ici rappelle une époque de violence et de surprises.

C'est au milieu des pénibles luttes de la guerre de Cent ans qu'Olivier de Clisson reçoit du roi Charles V la somme de huit mille livres pour construire une demeure dans le voisinage de l'hôtel Saint-Paul. Les travaux sont commencés en 1370. L'emplacement choisi était situé à quelques pas à peine de l'enceinte continue construite sous Philippe-Auguste et dont on voit les vestiges et le tracé dans la cour du Mont-de-Piété. C'était le moment où le quartier du Marais se peuplait de nombreux hôtels aux environs de la demeure préférée du Roi. A peu près à la même date, Bertrand Du Guesclin se faisait construire une habitation dans le voisinage. Le savant Siméon Luce a déterminé récemment la place autrefois occupée par la demeure aujourd'hui disparue du brave capitaine breton.

Si l'entrée de l'hôtel d'Olivier de Clisson a conservé extérieurement son aspect pittoresque et archaïque, il ne reste rien à l'intérieur des distributions primitives, sauf peut-être un escalier à vis souvent remanié. La porte est murée; quelques vieux piliers apparaissent bien çà et là avec leurs chapiteaux à crochets derrière les casiers qui les cachent à moitié; mais les voûtes ont été refaites, les cloisons ont disparu. L'encadrement extérieur de la porte avec ses minces colonnettes terminées en feuillages découpés et ses deux tourelles en encorbellement accuse seul la date de la construction. Souvent menacées lors des reconstructions avoisinantes, nos deux tourelles ont été respectées, comme par miracle, des architectes du xvie et du xviiie siècle. A peine a-t-on entamé légèrement le mur extérieur de la tourelle de droite pour qu'elle ne fît pas saillie sur l'alignement de la façade principale.

La plus récente restauration, — elle remonte à 1847, — s'est étudiée à conserver ou à rendre au vénérable portail son aspect primitif. A cette date récente, pour perpétuer la mémoire du vieux connétable, ont été gravés dans la pierre, au-dessus de l'arcade aiguë surmontant l'ouverture de la porte, deux médaillons séparés par une banderole avec la fière devise de Clisson : *Pour ce qui me plect.* Au-dessus de la devise est tracé une M gothique couronnée. Que signifie cette initiale répétée plusieurs fois dans

le médaillon de droite, tandis que celui de gauche renferme l'écusson du
connétable? Jules Quicherat a donné la seule explication plausible de cette
lettre mystérieuse sur laquelle on a disserté à perte de vue. Il faudrait y
voir une allusion discrète à quelque aventure galante, une sorte de chiffre
d'amour dont le sens échappait même aux contemporains. Ce qui paraît
certain, c'est que le connétable avait adopté de bonne heure cette lettre
énigmatique. On la trouve plusieurs fois répétée sur un signet apposé à un
acte de 1370. Clisson se plut à reproduire dans toutes les décorations de
son hôtel l'emblème mystérieux. Il décorait des carreaux émaillés en terre
cuite, retrouvés sous la cage de l'ancien escalier des Soubise. Une lucarne
pratiquée dans le comble de la tourelle de gauche portait une M couronnée
et dorée, qui a fourni le dessin de celle qui est gravée au-dessus de la porte.
La même lettre se retrouvait encore dans une frise entremêlée de feuillages,
découverte jadis sous la peinture, dans un coin de la vieille chapelle.

Les deux écussons réunis dans le tympan de la porte sur un manteau
ducal, se détachant sur un champ bleu semé de chiffres enlacés et de dou-
bles croix de Lorraine, appartiennent à des époques distinctes. Une étude
attentive de ces peintures, lors de la restauration de 1847, a conduit à cette
conclusion que l'écusson de gauche, renfermant les armes de la maison de
Guise, est d'une date antérieure à celui de droite. Il remonterait à Henri le
Balafré, peut-être à son père, François de Guise, le grand homme de guerre
de la famille. Seulement, l'ancre qui traverse derrière l'écusson ne peut
appartenir qu'à Charles de Lorraine, le fils du Balafré, amiral des mers du
Levant. Ce serait ce prince qui aurait fait ajouter les deux colliers des ordres
du Roi entourant l'écusson. Les armoiries de droite, encadrées d'une corde-
lière féminine formant d'élégants méandres, sont plus chargées de couleur
que le reste de la décoration; d'où l'on a conclu que cet écusson a recouvert
d'autres armoiries plus anciennes. Celui que nous voyons aujourd'hui est
l'écusson de Henriette-Catherine de Joyeuse, mariée à Charles de Guise dans
les premiers jours de l'année 1611. Le chiffre enlacé du fond rappelle les
initiales célèbres de Henri II et de Catherine de Médicis. Il pourrait convenir
aussi bien à Charles de Guise et à Henriette de Joyeuse qu'à Henri le Balafré et à sa femme Catherine de Clèves. Des juges compétents seraient dis-
posés à attribuer ces chiffres enlacés plutôt au Balafré qu'à son fils. Ces
armoiries conserveraient ainsi la trace et le souvenir des trois premiers
princes de la maison de Guise ayant habité l'hôtel. Les armes des princes
lorrains seraient du temps de François; les chiffres enlacés sur le fond
auraient été ajoutés par son fils Henri; enfin, l'ancre et l'écusson féminin
rappelleraient la dignité et le mariage de Charles de Lorraine, duc de Guise.

Il n'était pas indifférent, on le voit, d'examiner cette vénérable peinture
avec un soin minutieux. C'est un des vestiges les plus intéressants du vieux

Paris et par sa nature même et par les grands souvenirs qu'il évoque. Une circonstance ajoute encore à son prix, c'est son merveilleux état de conservation. Il s'explique d'ailleurs par ce fait que les peintures furent longtemps cachées par des constructions parasites. Aussi, en ignorait-on l'existence avant la restauration de 1847. Il a suffi alors de quelques retouches pour rendre aux pompeuses armoiries des ambitieux Lorrains un nouvel éclat.

Il était impossible de séparer l'histoire et la description de la demeure du connétable de cette décoration faisant aujourd'hui partie intégrante de la porte du xive siècle. Nous allons exposer maintenant comment le vieil hôtel passa dans la maison de Lorraine et le développement qu'il reçut sous ses nouveaux maîtres.

II

Inutile d'énumérer les propriétaires plus ou moins obscurs qui se transmirent de main en main, pendant un siècle et demi, la vieille demeure de Clisson. Il suffira de rappeler qu'elle devint, en 1529, l'habitation d'un surintendant des finances, Philibert Babou de la Bourdaisière. Les immenses ressources de ce riche financier lui permirent sans doute d'introduire certains embellissements dans le vieux logis féodal. L'histoire n'a pas gardé le souvenir de ces travaux; mais il est difficile d'admettre qu'une famille aussi puissante que celle des Guises eût jeté son dévolu sur une vieille construction sans prestige et sans beauté. Une partie des travaux d'agrandissement attribués jusqu'ici à la maison de Lorraine pourraient donc être attribués, avec quelque vraisemblance, à leur prédécesseur.

« La maison de Clichon », comme on la nomme encore à cette époque dans une des délibérations de la municipalité parisienne, — un autre texte porte d'Albret et de Clisson, — est acquise, le 14 juin 1453, par Anne d'Este, femme de François de Lorraine, duc de Guise. Elle est payée un prix relativement modique : seize mille livres. Sans doute, des adjonctions considérables seront faites, dans le cours des années suivantes, au corps de logis principal. Sur les anciens plans de Paris datant du xviie siècle, l'hôtel de Guise présente une imposante façade à plusieurs étages sur la rue du Chaume, aujourd'hui rue des Archives, avec ailes en retour enserrant un grand jar-

din qui s'étend derrière le bâtiment central, et sur le côté, à l'angle de la
rue du Chaume et de la rue de Paradis (aujourd'hui des Francs-Bour-
geois), un vaste terrain planté, à l'usage de manège ou de carrière pour

Porte de l'hôtel du connétable Olivier de Clisson (état actuel).

les chevaux. C'est l'emplacement occupé par la cour d'honneur actuelle.
Des magnificences de l'hôtel de Guise, exaltées à l'envi par les anciens
historiens de Paris, rien ne subsiste aujourd'hui. La chapelle, dont l'em-

placement est marqué par des fenêtres à pinacles élevés, ouvertes sur une cour intérieure, avait reçu des décorations du Primatice et une Vierge de Raphaël. Nicolo del Abbate avait enrichi de ses peintures l'appartement de la princesse. Quant aux tapisseries des Guises, elles jouissaient d'une réputation universelle. Les plus belles, on le sait pertinemment, représentaient les *Chasses de Maximilien,* sujet célèbre, souvent reproduit dans les ateliers de Bruxelles d'après les cartons de Bernard van Orley. Les exemplaires connus de cette suite fameuse, remontant au xvi⁰ siècle, sont ordinairement rehaussés de fils d'argent doré. La tenture de l'hôtel de Guise était d'une beauté exceptionnelle, si l'on en croit Sauval. Sans doute, il l'avait vue en place, et son admiration est sans limites. « Ces tapisseries, dit-il, sont, après celles du Louvre et du Vatican, les plus belles du monde et les plus estimées de la chrétienté; les couleurs en sont plus nettes, mieux choisies et conservées que celles du Louvre; elles ont été exécutées par un tapissier plus savant et meilleur dessinateur. »

S'il ne reste rien actuellement du mobilier et de la décoration intérieure de l'hôtel des ducs de Guise, si la distribution des appartements a été entièrement modifiée au xviii⁰ siècle et encore remaniée depuis, si les vieilles murailles remontant peut-être à l'an 1560, qui se dressaient encore au début de l'année 1870 à l'angle de la rue du Chaume et de la rue des Quatre-Fils, ont été rasées, par mesure de prudence, au début du siège de Paris, nous avons acquis la conviction, en étudiant de près les plans du xvii⁰ siècle, qu'une partie des murs extérieurs du bâtiment central, contenant les appartements du prince et de la princesse de Soubise, datent du temps des Guises. Leurs successeurs ont utilisé des constructions épaisses, solides, en plaçant du côté du Midi l'entrée principale auparavant tournée vers l'Ouest. La monumentale façade, avec ses colonnes accouplées, son fronton, ses sculptures, ses grandes ouvertures, n'est qu'un placage appliqué contre un bâtiment antérieur, sans que rien trahisse au dehors les travaux et la période des Guises.

Seul, un escalier éclairé par de larges baies cintrées sur la rue des Archives, respecté lors des dernières reconstructions, a gardé la marque sensible du passage de la maison de Guise. Fort spacieux et d'une pente très douce, ce degré conserve encore, comme principal motif de décoration, une rampe ornée de la double croix de Lorraine. Les Soubise l'ont respecté et les architectes du palais, pleins d'admiration pour la science technique dont a fait preuve le constructeur primitif, ont religieusement respecté ce remarquable spécimen de la science de la stéréotomie au xvi⁰ siècle. On ignore malheureusement le nom de l'architecte auteur de ce travail. C'était à coup sûr un des premiers de son temps.

L'ancien hôtel de Clisson demeura dans la maison de Guise jusqu'aux dernières années du xvii° siècle. Plusieurs générations se succédèrent dans le vaste palais qui abritait tout un personnel d'officiers, d'employés ou de protégés de la vieille famille lorraine. Un plan manuscrit, conservé au Cabinet des estampes de la Bibliothèque nationale, donne la nomenclature des individus jouissant de cette hospitalité princière. Le nom le plus connu inscrit sur ce document est celui de Gaignières. Le fameux curieux avait donc, vers 1697, son domicile dans les dépendances de notre hôtel. Il le quitta pour aller installer ses volumes et ses collections dans une petite maison de la rue de Sèvres, où s'écoula la fin de sa vie.

Notre hôtel donna quelque temps asile à un des plus grands écrivains de notre pays. Le fait est peu connu; aussi convient-il d'en fournir les preuves.

« Corneille, dit Tallemant des Réaux, dans ses *Historiettes*[1], a lu dans tout Paris une pièce qu'il n'a pas encore fait jouer. C'est le Couronnement d'Othon... Il vous va mettre sur le théâtre toute la politique de Tacite, comme il y a mis toutes les déclamations de Lucain. Corneille a trouvé moyen d'avoir une chambre à l'hostel de Guise. C'est dommage que cet homme n'est moins avare; il auroit estudié la langue et les autres choses où il pesche. Je luy trouve plus de génie que de jugement. » Laissons au chroniqueur des aventures galantes de la Cour la responsabilité de son appréciation littéraire: mais sachons-lui gré de nous avoir conservé un des plus glorieux souvenirs de l'hôtel de Guise. Le rapprochement de la composition d'*Othon* et de la concession gracieuse faite au poète semble fixer le séjour de Corneille dans l'hôtel aux environs de l'année 1665.

Certaines personnes ont même conclu de ce passage qu'une partie de la tragédie aurait été composée dans l'asile accordé au vieux poète. Peut-être la déduction est-elle un peu forcée; mais le séjour de Corneille à l'hôtel de Guise reste un fait acquis.

Cinq générations successives avaient habité le palais acquis par les princes lorrains, quand il passa dans la maison de Rohan-Soubise.

Après François, le défenseur de Saint-Quentin et le conquérant de Calais, l'hôtel passa successivement entre les mains de Henri de Guise, le Balafré, assassiné à Blois, de Charles de Guise, l'amiral des mers du Levant (1571-1640), de Henri de Guise, deuxième du nom, l'aventureux capitaine qui partit pour soutenir avec sa seule épée la révolte de Mazaniello contre l'Espagne (1614-1664), enfin de Louis-Joseph de Lorraine, dernier et obscur rejeton de cette grande famille, mort en 1671. Après lui, la vaste habitation devint la propriété de Marie de Lorraine, duchesse de Guise, fille de l'amiral et de Henriette de Joyeuse. Marie de Lorraine, connue sous le nom de

---

1. 3° édition (Techener, 1858), tome VII, p. 253.

mademoiselle de Guise, était née le 15 août 1615; elle mourut, dernière
héritière directe des grands biens de sa famille, en 1688. Vers la fin de sa vie,
elle avait réuni entre ses mains tous les domaines de sa maison. Aussi lais-
sait-elle à des héritiers éloignés une fortune considérable dont son testament
a conservé la longue énumération. La plupart de ses biens-fonds furent par-
tagés entre mademoiselle de Montpensier et la princesse de Condé, descen-
dante du duc de Mayenne. L'hôtel de la rue du Chaume dut être mis en vente.

III

Sans entrer dans les détails de procédure qui accompagnèrent le passage
de l'habitation des Guises dans la maison de Soubise, nous rappellerons les
dates essentielles. Le contrat fut passé par-devant notaires le 27 mars 1700
entre François de Rohan, prince de Soubise, duc de Fontenay, seigneur de
Pougues, capitaine-lieutenant de la compagnie des gens d'armes servant à la
garde du Roy, gouverneur et lieutenant général pour Sa Majesté des pro-
vinces de Champagne et de Brie, d'une part, et messire Henry-Jules de
Bourbon, prince de Condé, prince du sang, et dame Anne, Palatine de Bavière, son épouse, et François Dupin, intendant des maisons et affaires et
comme procureur de dame Bénédicte, Palatine de Bavière, veuve de messire
Jean Frederig, par la grâce de Dieu duc de Brunswick, d'autre part. La
princesse de Condé avec la duchesse de Brunswick étaient héritières béné-
ficiaires, quant aux propres paternels, de la duchesse de Guise.

Il semblerait qu'à la suite de cet acte la propriété de l'hôtel fût définiti-
vement acquise au chef de la maison de Soubise. Pourtant, il fallut encore
de longues formalités pour régulariser la vente. L'acquéreur, comme presque
tous les grands seigneurs de son temps, se trouvait, malgré sa fortune considérable, dans une situation embarrassée. Ses nombreux créanciers vinrent
mettre opposition sur le prix d'acquisition. On ne compte pas moins de qua-

Henry HAVARD dir.   Héliog& Imp. Lemercier

HÔTEL SOUBISE

   Chambre de la Princesse de Rohan .décoration d'une porte

rante oppositions. Il fallut engager une instance au Parlement, obtenir le
désistement des créanciers. Cette procédure demanda plus d'un an, et, le
22 janvier 1704 seulement, l'hôtel de Guise, sur la mise à prix de cent
mille livres, était adjugé, pour la somme principale de trois cent vingt-six
mille livres, à Véron, procureur au Parlement, pour le compte du prince de
Soubise.

Les détails qui précèdent peuvent au besoin aider à déterminer la date
à laquelle commencèrent les grands travaux de transformation. Le prince
de Soubise n'aurait pas installé les ouvriers dans son nouveau palais avant
d'en avoir acquis la propriété incontestée. Les embellissements ne furent donc
pas entrepris avant les premiers mois de l'année 1704. Comment un seigneur ainsi traqué par ses créanciers parvint-il à payer les grosses dépenses
qu'entraîna cette coûteuse installation? Saint-Simon nous a laissé sur ce point
des confidences singulières. Le prince de Soubise avait épousé en secondes
noces sa cousine Anne-Julie Chabot de Rohan; cette personne, célèbre par
sa beauté et son esprit d'intrigue, sut puissamment aider à l'élévation de sa
maison. Elle obtint notamment de Louis XIV, sur qui elle avait conquis un
grand ascendant, l'érection de la baronnie de Soubise en principauté.

Il y avait là matière aux traits les plus mordants. Saint-Simon n'a garde
de laisser échapper une pareille aubaine. Écoutez la voix du grand satirique
parlant des amours du Roi : « Un seul, dit-il, subsista longtemps et se con-
vertit en affection jusqu'à la fin de la vie de la belle qui sut en tirer les plus
prodigieux avantages jusqu'au tombeau, et en laisser à ses deux fils l'abo-
minable et magnifique héritage. L'infâme politique du mari, qui a un nom
propre en Espagne et ne s'y pardonne jamais, souffrit volontiers cet amour
et en recueillit des fruits immenses en se retirant à Paris, servant à l'armée,
n'allant presque point à la Cour, faisant obscurément les fonds et distribuant
tous les avantages que, de concert avec lui, sa belle moitié en tiroit. »

Puis arrivant aux derniers moments de son héroïne, le chroniqueur pour-
suit ainsi : « Sa beauté lui coûta la vie... Elle avoit passé sa vie dans le
régime le plus austère pour conserver l'éclat et la fraîcheur de son teint...
Elle avoit eu beaucoup d'enfants, dont quelques-uns étoient morts des
écrouelles, malgré le miracle qu'on prétend attaché à l'attouchement de nos
rois. La vérité est que, quand ils touchent les malades, c'est au sortir de la
communion. Mᵐᵉ de Soubise, qui ne demandoit pas la même préparation,
s'en trouva enfin attaquée elle-même quand l'âge commença à ne se plus
accommoder d'une nourriture si rafraîchissante. Elle s'en cacha et alla tant
qu'elle put; mais il fallut demeurer chez elle les deux dernières années de
sa vie à pourrir sur les meubles les plus précieux, au fond de ce vaste et
superbe hôtel de Guise qui, d'achat ou d'embellissements et d'augmentations,
leur revient à plusieurs millions. Elle mourut à soixante et un ans, le di-

manche matin, 3 février (1709), laissant la maison de la Cour la plus riche et la plus grandement établie, ouvrage dû tout entier à sa beauté et à l'usage qu'elle en avoit su tirer. »

Le prince de Soubise ne survécut que trois ans à sa femme. On a vu que les travaux de l'hôtel n'avaient été entrepris qu'en 1704 au plus tôt. Quelque rapidement qu'ils eussent été poussés, ils n'étaient certainement pas achevés huit ans plus tard. Ils furent continués sous le fils du prince, Hercule-Mériadec, duc de Rohan, né en 1669 et mort à quatre-vingts ans, le 26 janvier 1749. Sous lui, sans doute, furent terminés les embellissements extérieurs et exécutée la décoration des appartements, ce chef-d'œuvre de l'art au xviiie siècle. A la mort du duc Hercule-Mériadec, l'hôtel passa entre les mains de son petit-fils, son fils ayant été enlevé à vingt-sept ans, en 1724. Le dernier représentant de la famille, Charles de Rohan, prince de Maubuisson, puis de Soubise, maréchal de France, tristement célèbre par la défaite de Rosbach, né en 1715, mourut en 1787, après avoir abandonné, pour une habitation plus modeste et probablement plus confortable, le vaste palais de ses ancêtres qu'il habita peu, se bornant à l'entretenir jusqu'à sa mort.

Ainsi, les embellissements de l'hôtel entrepris par le premier prince de Soubise après 1704, reçurent leur achèvement sous son fils avant 1749. C'est bien d'ailleurs la date que donne le style des ornements dont on voit ici la reproduction.

Deux architectes reçurent successivement la mission de présider aux travaux de l'hôtel. Chacun d'eux a une part bien distincte dans l'œuvre commune. Pierre-Alexis Delamair fournit les plans de la façade et du portique extérieur, resté son meilleur titre de gloire. Germain Boffrand, élève, puis collaborateur de Jules Hardouin Mánsart, dirigea la décoration intérieure dont il a laissé d'excellentes gravures dans son *Livre d'architecture*, aujourd'hui classique.

L'emplacement occupé par la cour d'honneur et le portique monumental à colonnes accouplées formait, au temps des Guises, une sorte de manège. Il était séparé des bâtiments d'habitation par une ruelle qui n'était que le prolongement de la rue de Braque. Ce passage, nommé rue de La Roche, en souvenir de l'hôtel de La Roche-Guyon construit au xve siècle, gênait beaucoup les projets de l'architecte. Malgré tout son crédit à la Cour, le prince de Soubise ne put obtenir la suppression complète de cette voie de communication, utile aux habitants du quartier. La seule concession accordée à ses instances fut l'autorisation de fermer la nuit par des portes les deux extrémités de la ruelle; mais, le jour, les portes devaient rester ouvertes et livrer passage aux piétons. Cette servitude gênante aurait été, d'après une tradition généralement admise, le point de départ du plan dont nous admirons les heureux résultats. Ainsi, une difficulté presque insurmontable aurait suggéré à Delamair cette cour d'honneur ceinte d'un double portique qui présente une si grande allure. Une fois la disposition trouvée, Delamair voulut l'appliquer partout. Il existe un projet de reconstruction de

PORTE DU SALON OVALE DU REZ-DE-CHAUSSÉE.
Appartement du prince de Soubise.

l'hôtel de Conti, qui devait s'élever sur le terrain occupé aujourd'hui par la Monnaie, où la colonnade du palais Soubise est scrupuleusement reproduite.

Cette cour d'honneur, si bien reliée à la façade de l'hôtel, assurera d'une façon durable la réputation de Delamair. Il a cependant laissé d'autres constructions importantes à Paris avant d'aller mourir à Châtenay, près Sceaux, en 1745. On cite parmi ses principaux ouvrages l'hôtel de Pompadour, rue

de Grenelle, habité plus tard par le baron de Besenval, l'auteur des *Mémoires*,
où se voient encore des pièces revêtues de riches panneaux de style Louis XV.
Delamair donna encore les plans de l'hôtel de Duras, situé rue du Faubourg-
Saint-Honoré. Enfin, lorsque, dans un moment de découragement, il son-
geait à s'expatrier pour aller demander du travail aux pays étrangers, ce
furent les plans de l'hôtel Soubise, encore conservés à la bibliothèque royale
de Munich, qu'il adressait à l'Électeur de Bavière comme les meilleurs
garants de sa capacité et de son goût.

Le plan de Munich offre une particularité intéressante : il montre les
modifications apportées aux dispositions primitives par le successeur de
Delamair. En effet, le malheureux architecte n'avait pas tardé à se trouver
évincé par un rival plus habile et plus renommé. Germain Boffrand l'avait
supplanté dès 1710 ou 1712 ; c'est ce qui résulte d'un Mémoire inédit auquel
le pauvre Delamair a confié ses doléances et son ressentiment. Or, le plan
de Munich nous montre clairement que le fameux salon ovale est de l'inven-
tion de Boffrand, et que, dans l'intention de son prédécesseur, les portes
intérieures, correspondant au milieu de la façade, aboutissaient à une
pièce carrée sans caractère.

La grande porte d'entrée, ainsi que la façade principale, furent décorées
à l'origine d'un ensemble sculptural dont une notable partie existe encore,
mais nous est parvenue dans un triste état de délabrement. Le mal s'ag-
grave tous les jours et deviendrait bientôt irréparable si un prompt remède
n'était apporté à l'état de choses actuel. Les statues, les armoiries et les trophées placés jadis au-dessus de la porte extérieure ont disparu ; par contre,
les figures des Saisons espacées le long du premier étage de la façade,
les groupes de Génies surmontant la balustrade du comble, les deux figures
couchées sur le fronton existent encore ; tout cela est d'un sentiment décoratif très heureux. Autrefois, les armoiries des Rohan-Soubise, œuvre de Robert
le Lorrain, s'étalaient sur ce fronton. On regrette de voir les derniers vestiges
de cet ensemble décoratif menacés à bref délai d'une destruction complète.

Les plus habiles sculpteurs du temps avaient été appelés à concourir aux
magnificences de cette demeure princière, tant à l'extérieur qu'à l'intérieur ;
le choix de ces artistes assure au palais Soubise un des premiers rangs
parmi les édifices similaires de la même époque qui ont échappé aux injures
du temps et des révolutions.

A l'aide des anciens documents, actes de vente, inventaires, descriptions
et guides de Paris, il serait aisé de reconstituer sur un plan d'ensemble les
divisions des appartements du prince et de la princesse de Soubise. Mais
cette restitution n'aurait qu'un intérêt de pure curiosité, et mieux vaut s'arrêter seulement aux chambres encore ornées de leur splendide ornementation. Ce sont d'ailleurs les pièces principales.

Appartement de la princesse de Soubise.

Tous les auteurs s'accordent pour laisser à Germain Boffrand, et à lui seul, la direction de cette décoration intérieure. Encore est-il juste d'ajouter qu'il a su choisir, pour le seconder, des artistes de premier ordre dans toutes les spécialités.

Le palais se compose d'un rez-de-chaussée et d'un premier étage, autrefois reliés par un escalier élégant détruit vers 1845. Le prince occupait le rez-de-chaussée; le premier étage était réservé à l'appartement de la princesse.

Après une enfilade de pièces dont les dispositions ont été complètement modifiées, on accède à la chambre à coucher d'apparat. Celle du prince est placée au-dessous de celle de la princesse. L'une et l'autre précèdent un salon ovale où se trouvent réunies toutes les délicatesses de l'art le plus raffiné et le plus pur.

La chambre à coucher du rez-de-chaussée n'existe plus; mais ses principaux éléments de décoration ont été conservés; on distingue encore l'ancienne corniche aux chiffres princiers, et on se propose, dans un avenir plus ou moins éloigné, de rétablir cette pièce dans son ancien état à l'aide des indications fournies par les planches de Boffrand. En attendant cette restauration, les deux colonnes monumentales qui fermaient jadis l'alcôve et les panneaux sculptés des lambris sont provisoirement exposés au musée des Arts décoratifs. Par la gravure de Boffrand, on se rend aisément compte de l'aspect grandiose de la pièce et du contraste que présentait sa disposition mâle, un peu sévère, avec l'élégance exquise et raffinée de la chambre supérieure. Le dessin du livre d'architecture nous montre dans l'alcôve, de chaque côté du lit, un portrait de famille. Sur une de ces toiles est peint un cardinal. Peut-être ces deux portraits représentaient-ils le premier prince de Soubise et le premier cardinal de Rohan.

A côté des chiffres enlacés RS (Rohan Soubise) qui reparaissent partout dans les détails des plafonds et des lambris, figure un losange évidé ou, en terme d'armoiries, une macle, principale pièce de l'écusson des Soubise, qui a donné naissance à un jeu de mots devenu la devise, plus ingénieuse que justifiée, de la famille : *Sine macula macla.* Cette devise se trouve gravée sur plusieurs panneaux de bois sculpté, actuellement conservés en magasin. Quant à la macle, non seulement elle paraît aux moulures des corniches, mais on la voit partout dans les grilles et les balcons de l'hôtel. On la reconnaît jusque dans certains balcons extérieurs d'une maison située rue des Quatre-Fils, à l'angle de la rue Vieille-du-Temple, qui a certainement fait autrefois partie des dépendances du palais Soubise, comme l'indique cette marque caractéristique de propriété.

A la suite de la chambre à coucher du rez-de-chaussée s'ouvre le salon ovale. Tandis qu'au premier étage, dans l'appartement de la princesse, et en particulier dans son salon ovale, l'architecte a épuisé toutes les richesses de la peinture et de la dorure, il a tenu à donner aux pièces réservées à l'habitation du prince un aspect plus grave. Ici, point de mythologies galantes, point d'amours en ronde bosse, point d'éclatantes couleurs. Les lambris sont chargés de ces capricieuses sculptures sur bois où le xviiiᵉ siècle a fait preuve d'une virtuosité incomparable. Seulement, dans la partie haute, entre les archivoltes des portes et des fenêtres, huit figures ou groupes allégoriques célèbrent les sciences et les arts. Les sculpteurs les plus renommés de

Plafond du Salon ovale du premier étage.

l'époque ont pris part à ces ouvrages. On y voit représentées la *Musique*, la *Justice*, la *Peinture* avec la *Poésie*, l'*Histoire* avec la *Renommée*, œuvres de Lambert-Sigisbert Adam. Jean-Baptiste Lemoine a été chargé des allégories de l'*Astronomie*, de l'*Architecture*, de la *Comédie* et du *Drame*. Toute la pièce est d'une tonalité gris de lin; cette couleur prête à l'ensemble une harmonie douce qui ajoute à l'effet des saillies hardies de la partie supérieure. Peut-être avait-on employé jadis deux ou plusieurs tons pour détacher les surfaces unies de la décoration sculpturale; mais la monotonie actuelle ne nuit pas, tant s'en faut, au charme exquis de l'ensemble.

Le salon ovale prenait jour par plusieurs fenêtres et par une porte vitrée sur le vaste jardin de l'hôtel qui reliait la demeure des Soubise au palais-

cardinal des Rohan, aujourd'hui occupé par l'Imprimerie nationale. Dessiné
à la française, ce jardin renfermait de vastes pelouses et des allées ombragées
d'arbres taillés en berceau sur le modèle de Versailles. Au centre, un bassin
circulaire avec eaux jaillissantes donnait de la fraîcheur à cette agréable
promenade, dont la jouissance était abandonnée aux habitants du quartier
lorsque le dernier prince de Soubise eût délaissé le vaste et somptueux palais
de la rue du Paradis. On donna dans ces jardins des concerts fort suivis
à la fin du siècle dernier. La collection de tulipes qui s'y trouvait con-
servée jouissait d'une certaine réputation. Acquise sous la Révolution par
un jardinier fleuriste nommé Tripet, elle fut proposée en l'an XI au Sénat
Conservateur pour les parterres du Luxembourg.

Nous n'avons rien dit du fameux tableau des Jésuites intitulé *Typus
Religionis* et déposé provisoirement dans la chambre à coucher du prince,
parce qu'il n'a guère d'intérêt que comme document historique ; mais il con-
vient de s'arrêter aux peintures encastrées dans la décoration toute récente et
quelque peu bâtarde de la pièce placée à la suite du salon ovale. Ces deux
tableaux portent la date de 1737 et la signature de deux artistes distingués,
Trémolières et Restout. Le premier est l'auteur de *Diane désarmant l'Amour*,
le second a représenté *Apollon enseignant à l'Amour à jouer de la lyre*.

A côté de cette vaste salle, toute moderne sauf les peintures, un petit
cabinet entresolé, qui a sans doute renfermé jadis une partie de la bibliothèque du prince, a gardé deux peintures en camaïeu représentant, sous la
figure d'enfants dodus, les Génies des Arts.

Montons au premier étage, en conseillant au visiteur de presser le pas
et de s'arrêter le moins possible au déplorable escalier monumental dont le
moindre défaut est d'occuper beaucoup de place. Les prétentieuses peintures
du plafond ne doivent pas nous retenir davantage. On ne saurait imaginer
un contraste plus complet avec les modèles gais et charmants dont l'artiste
aurait pu et dû s'inspirer ici même. Mais passons rapidement et pénétrons
dans la chambre de la princesse.

Comme on l'a indiqué dans les pages précédentes, le prince de Soubise
qui fit le plus long séjour dans l'hôtel fut Hercule-Mériadec de Rohan, mort
en 1749. Il avait épousé successivement Louise-Gabrielle-Julie de Rohan,
puis Marie-Sophie de Courcillon, duchesse de Pecquigny. C'est pour ces
deux nobles dames que furent exécutées, sous la direction de Boffrand,
les merveilles décoratives dont les plus belles parties ont heureusement été
sauvées de la destruction.

Le palier de l'escalier donnait accès à une vaste pièce improprement
désignée sous le nom de Salle des gardes ; dans les anciens titres, elle porte
le titre plus modeste d'antichambre. Notons en passant que les actes du
siècle dernier, scellés et inventaires, fournissent les détails les plus précis

HOTEL SOUBISE

Chambre à coucher de la Princesse de Rohan, d'après la gravure de Babel

sur la distribution des appartements et permettraient d'assigner à chaque
pièce sa primitive destination. De même, les actes de vente ou d'adjudication,
lors des diverses transmissions de propriété, déterminent avec une parfaite
exactitude l'aspect extérieur et les limites du domaine, et donnent les noms
des propriétaires voisins. Mais l'étude de ces détails nous entraînerait bien
au delà des limites fixées à la présente étude.

La grande antichambre de la princesse avait reçu, dès le début du
xviiie siècle, une galerie de portraits de famille faisant remonter les premiers auteurs des Rohan à Conan, roi des Bretons, contemporain de Jules
César. Toute la série de ses descendants jusqu'à François Ier et Henri IV
revivait ici dans des toiles exécutées par le peintre Blanchard pour la
modique somme de cent livres chacune. L'auteur des figures avait fait
appel à la collaboration d'un des Parrocel pour la peinture des fonds. Au
milieu, l'effigie équestre du premier prince de Soubise, avec le passage du
Rhin comme fond, avait été payée six cents livres à l'auteur de cette suite
de portraits. Rien dans cette salle ne rappelle le xviiie siècle; d'ailleurs, la
vétusté des murs en a nécessité récemment la réfection. La muraille tournée vers le couchant a été reconstruite de fond en comble il y a une dou-
zaine d'années. Ici, doit être installée la salle de travail des Archives,
loin du bruit de la rue et au milieu des vastes galeries où sont classés les
documents.

En entrant dans la chambre à coucher de la princesse, chambre éclairée
par deux croisées sur une cour intérieure qui a remplacé le jardin, nous
voici subitement transportés en plein xviiie siècle. Par quel prodige ce chef-
d'œuvre de l'art a-t-il échappé à toutes les chances de destruction depuis
un siècle et demi, c'est ce qu'il serait trop long d'exposer. Contentons-nous
de remarquer que, sauf les carreaux trop grands, sauf les glaces d'une seule
pièce, sauf aussi quelques panneaux substitués aux deux cheminées dispa-
rues depuis longtemps, rien n'est changé à l'admirable décoration de Germain Boffrand. Ici, chaque détail a son originalité et sa valeur. Un pareil
ensemble ne se décrit pas. Le dessin peut seul en donner une idée. Tout au
plus est-il possible de déterminer les sujets des médaillons et des groupes
d'une mythologie galante, comme il convenait en pareil lieu, placés sur
les milieux des lambris ou dans les angles de la corniche.

Sur les trumeaux, un habile sculpteur en bois a raconté, dans des cadres
ovales entièrement recouverts d'or éteint, les aventures amoureuses de Vénus
et d'Adonis, de Sémélé avec Jupiter, d'Europe et du Taureau, enfin d'Argus
et de Mercure. Aux quatre angles du plafond, autres médaillons dorés en
plein, consacrés aux fables de Danaé, de Léda, de Ganymède et d'Hébé. Enfin,
dans la gorge creuse de la corniche se détachent des figures en stuc presque
de grandeur naturelle formant quatre groupes; soit, entre les fenêtres,

Bacchus et Ariane; au fond de l'alcôve, Diane et Endymion; du côté du salon ovale, Pallas et Mercure faisant face à Vénus et Adonis.

Quant aux petits Amours portant les attributs des sciences, des lettres et des arts, semés à profusion sur les panneaux de bois, inutile d'en entreprendre une description méthodique. Le riche damas de soie tapissant le fond de la pièce et marquant la place de l'alcôve a été tissé à Lyon, il y a une trentaine d'années, sur les dessins du livre de Boffrand. Les balustres fermant la ruelle sont modernes aussi; mais leur forme est l'exacte reproduction des modèles fournis par le *Livre d'architecture*.

Les deux panneaux peints surmontant les portes sont ceux qui occupaient cette place au xviiie siècle. A droite, en regardant la cour, une peinture de Boucher représentant les *Grâces présidant à l'éducation de l'Amour*, a malheureusement pris une tonalité noire et triste; à gauche, *Minerve enseignant à une jeune fille l'art de la tapisserie*, panneau signé Trémolières, 1737, exposé au Salon de la même année, œuvre d'un artiste peu connu et mort jeune après avoir donné de grandes espérances. C'est au milieu de ce cadre élégant, d'une sobriété exquise, qu'il faut voir ces peintures du xviiie siècle pour en goûter toute la saveur. Jusqu'à la forme des cadres chantournés qui ajoute à la fantaisie piquante de ces mythologies galantes. Dans le fond de la pièce se détachent, sur le damas rouge de l'alcôve, deux *Pastorales* de Boucher, avec leurs bergers vêtus de satin, leurs bergères en paniers et jupes courtes, et leurs moutons enrubannés. Aux côtés de ces Pastorales sont aujourd'hui placés deux petits dessus de porte, deux paysages d'une couleur conventionnelle et pourtant charmante, portant la signature de Boucher et celle de Trémolières, avec la date de 1738. Ces signatures datées fixent avec certitude l'époque de l'achèvement de la décoration intérieure. Les plus anciennes ne remontent pas au delà de 1736; les plus récentes sont de 1739. C'est donc dans l'intervalle de ces quatre années que fut achevée toute l'ornementation picturale des appartements pour le prince Hercule-Mériadec de Rohan.

A quel artiste doit-on l'exécution de ces trumeaux couverts de sculptures délicates? Cette question n'a pas reçu jusqu'à ce jour de réponse satisfaisante. Dans le grand ouvrage de Blondel, Mariette met en avant le nom de Louis Harpin, habile ornemaniste, formé dans le port de Toulon sous la direction de Toro et employé dans sa jeunesse à la sculpture des vaisseaux royaux. D'autres artistes peu connus ont été mis en avant; mais jusqu'ici on est réduit à des conjectures plus ou moins plausibles. Il faudra la découverte d'un acte explicite, marché, devis ou quittance authentique, pour faire cesser cette incertitude.

Après la chambre à coucher, vient le salon ovale de la princesse, correspondant à celui du rez-de-chaussée faisant partie des appartements du prince.

Un auteur récent, après avoir remarqué certains points de ressemblance entre le salon ovale du palais Soubise et celui de l'hôtel de Samuel Bernard,

Façade extérieure du Salon ovale sur la cour des Dépôts.

en tire cette conclusion que les deux pièces ont eu même architecte, mêmes décorateurs. La déduction est peut-être un peu forcée. Évidemment, le salon de réception de la princesse de Soubise dut exciter une admiration universelle chez les contemporains et devint rapidement un type que chacun s'empressa d'imiter et de copier. Il faut avouer que rarement l'art de combiner tous les éléments qui concourent à la magnificence d'une salle de réception atteignit un pareil degré de perfection. La pièce ovale du premier étage du palais Soubise restera un des modèles les plus accomplis de l'art du xviii° siècle; tout le monde sait que le siècle de Louis XV a poussé à ses dernières limites la science de la décoration.

Les huit peintures exécutées par Charles Natoire de 1737 à 1739 contribuent dans une large mesure à la magnificence de ce merveilleux ensemble. L'artiste a retracé, avec le goût de son temps et dans une gamme claire et harmonieuse, huit épisodes de la fable de Psyché. Il s'est inspiré, il faut le noter en passant, du charmant récit de la Fontaine. C'est d'abord, à gauche de la porte d'entrée, *Psyché abandonnée sur la montagne et secourue par le Zéphir;* puis, en allant de gauche à droite, les *Nymphes recevant la princesse dans le palais de l'Amour, Psyché montrant ses bijoux à ses sœurs, Psyché levant sa lampe pour voir les traits de son époux,* les *Nymphes retirant du fleuve le corps inanimé de Psyché, Psyché chez les bergers, Psyché s'évanouissant de frayeur en présence de Vénus, Psyché ravie dans l'Olympe par l'Amour.* Rarement Natoire a fait preuve d'une pareille science de composition et de coloris. A ce titre, le cinquième panneau mérite tout particulièrement l'attention. C'est ici que Natoire a laissé son œuvre maîtresse, et cette suite lui assure un rang distingué parmi les meilleurs maîtres de son temps.

Comme pour la chambre à coucher, le détail des ornements du salon ovale défie toute description. Il faut étudier en détail les enlacements de la rosace, les groupes d'Amours se détachant en clair sur le ciel bleu du plafond, les petits Génies revêtus d'une belle patine d'or, tous différents de geste, d'attitude, d'expression, pour avoir une idée des ressources infinies des dessinateurs et des sculpteurs de ce temps-là. On dit que la cheminée ancienne fut enlevée naguère pour décorer un boudoir des Tuileries et périt dans l'incendie du palais. Cette perte serait assurément fort regrettable; toutefois le style du marbre actuel ne jure pas avec le reste de la pièce. Les glaces et leurs cadres sont modernes, comme dans la chambre à coucher; ils ont été du moins choisis avec goût. Autrefois, le parquet était incrusté de rinceaux de laiton et d'étain dans le genre des meubles de Boule. Il existe encore, croyons-nous, au fond des magasins quelques fragments de ces frises de chêne à incrustations de métal, véritables œuvres d'ébénisterie. Nous avons vu en place quelques-uns des fragments de ces parquets il y a une vingtaine d'années. Les grands appartements et les principales galeries de Versailles avaient reçu, sous Louis XIV, des parquets à compartiments incrustés, comme ceux-ci, de différents métaux. Quel dommage que l'ancien mobilier ait entièrement disparu, faisant place à des banquettes et à des vitrines du style le moins approprié à ce milieu! Les rares épaves du xviii° siècle qui meublent la chambre à coucher et le salon ovale n'ont d'autre intérêt que celui des souvenirs historiques qui s'y rattachent. La tradition veut que sur cette table, où les bonnets phrygiens ont remplacé l'écusson royal au temps de la Révolution, Robespierre aît été étendu quand il fut apporté blessé de l'Hôtel de Ville dans la salle des séances du Comité de Salut Public.

Dessus de porte, par F. Boucher.

La pièce placée à la suite du salon de la princesse servait autrefois de chambre à coucher. Les panneaux des portes, bien qu'empâtés par plusieurs épaisseurs de couleur, offrent encore des motifs d'une extrême délicatesse. La pièce a conservé quatre dessus de porte encastrés dans les boiseries et quatre autres panneaux peints, exposés provisoirement ici en attendant qu'ils aient reçu leur destination définitive. Les peintures placées près des croisées représentent l'*Éducation de l'Amour par Mercure,* toile signée : F. Boucher, et exposée au Salon de 1737; en face : les *Caractères de Théophraste* ou la *Sincérité,* avec la signature : Trémolières, 1737; cette toile est inscrite au livret du Salon de la même année.

Au fond de la pièce, un panneau de Restout : le *Secret et la Prudence*, et en regard : l'*Amitié de Castor et de Pollux*, tableau signé : Carle Vanloo. Tous deux parurent aussi à l'Exposition de 1737.

Vanloo, Trémolières et Boucher ont exécuté les quatre panneaux accrochés ici à titre provisoire. Du premier sont les tableaux représentant *Mars et Vénus* et *Vénus à sa toilette.* Trémolières a peint l'*Hymen d'Hercule et d'Hébé*, portant la date de 1737. C'est la seule allusion que nous ayons rencontrée dans tout l'hôtel au nom du prince qui fit exécuter les peintures. Enfin, avec sa *Vénus au bain*, François Boucher a laissé à l'hôtel de Soubise un de ses chefs-d'œuvre. C'est, on le voit, comme un petit musée de la peinture du xviiie siècle, et jamais musée n'a été accompagné d'un cadre mieux approprié à sa composition.

La dernière salle des collections historiques renferme encore quatre dessus de porte exposés ici par mesure temporaire. Sur les côtés, en regard de l'*Aurore et Céphale* de Boucher, toile exposée en 1739, une peinture de Restout, datée de 1736, représente *Neptune et Amphitrite*. Au fond, deux cadres plus petits contiennent la traduction de deux fables de La Fontaine : *Mercure présentant les trois haches au bûcheron*, par Carle Vanloo ; *Borée et le Voyageur,* par Restout. Cette dernière salle de musée servait autrefois d'antichambre. Elle a gardé des trophées sculptés en plein dans des panneaux de bois d'une exécution magistrale.

D'autres panneaux chargés de bas-reliefs, représentant les fables de La Fontaine ou les armoiries et la devise des Soubise, sont conservés en magasin ou exposés au musée des Arts décoratifs. Quelques-unes de ces sculptures sont rehaussées de dorures sur fond vert, ce qui a fait croire qu'une des pièces de l'hôtel portait le nom de chambre verte. Mais il n'en existe pas trace dans les inventaires, scellés et autres documents que nous avons pu consulter.

Ainsi, les parties les plus reculées de ces appartements princiers ont gardé leur ancienne et somptueuse parure. Il ne faut pas s'en plaindre, puisque les pièces demeurées à peu près intactes sont précisément les grands appartements d'apparat, ceux où l'architecte avait concentré tout l'effort de son génie inventif.

Nous avons raconté ailleurs les vicissitudes du palais sous la Révolution et sous l'Empire, jusqu'au jour où il fut choisi pour recevoir le dépôt des Archives historiques de France. Le dernier prince de Soubise, le favori de Louis XV, l'ami de la marquise de Pompadour, était mort en 1787. De nombreux créanciers se présentèrent à l'ouverture de la succession; aussi, la liquidation était-elle loin de toucher à son terme quand éclata la Révolution. Les règlements de comptes traînèrent bien longtemps. Enfin, un décret impérial du 6 mars 1808 ordonnait l'acquisition des deux hôtels de Soubise et de Rohan, pour y installer les Archives et l'Imprimerie impériale. Cette mesure, en assurant la conservation d'un édifice respectable à tant de titres, assurait aux preuves de notre histoire un asile digne d'elles. Où les vieux diplômes de nos premières dynasties pouvaient-ils trouver un refuge plus convenable que dans cet édifice dont les murailles évoquaient elles-mêmes de si glorieux souvenirs? Certes, on aurait eu de la peine à découvrir dans tout Paris un meilleur emplacement pour une pareille destination?

Dessus de porte, par Carle Vanloo.

Depuis leur installation première, les Archives nationales de France ont été notablement agrandies par la construction de bâtiments nouveaux et aussi par l'acquisition de maisons voisines. Aujourd'hui, l'ancien palais Soubise se trouve complètement séparé de l'hôtel de Rohan, qui a reçu, au commencement de ce siècle, les multiples services de l'Imprimerie nationale. Aussi, n'avons-nous rien à dire ici de cet établissement, auquel on accède par une porte monumentale s'ouvrant sur la rue Vieille-du-Temple. Mais peut-être n'est-il pas hors de propos de rappeler brièvement les origines de l'hôtel d'Assy, qui fait, depuis 1845, partie intégrante des dépendances des Archives nationales. Cet hôtel a conservé le nom du propriétaire qui le vendit à l'État, Alexandre-Louis Geoffroy d'Assy, ancien conseiller au

Châtelet. Ce dernier le tenait de son père, Jean-Claude Geoffroy d'Assy, conseiller des finances, condamné à mort par le tribunal révolutionnaire le 21 messidor an II.

L'hôtel avait été acheté, quelques années à peine avant la Révolution, de Louis-Marie Guillaume, marquis de Chavaudon, seigneur de Montmagny, Bernay, Chavaudon et autres lieux, capitaine au régiment de Languedoc-Dragons. Les initiales C M, répétées dans les galeries de fer des balcons et aux angles de la corniche du salon principal rappellent donc le souvenir du propriétaire qui fit construire cette élégante demeure et y laissa, dans quelques détails de la décoration, les traces du goût du xviii° siècle.

On rencontre dans différentes pièces des Archives, occupées par les bureaux de l'administration, en particulier dans le cabinet du directeur, de précieux bureaux ornés de riches bronzes dorés dans le style le plus pur du siècle dernier. Plusieurs de ces meubles remarquables, véritables pièces de musée, ont, assure-t-on, une haute origine; le plus somptueux aurait fait jadis partie du mobilier des princes de Condé, c'est du moins ce que prétend une ancienne tradition; mais aucun de ces bureaux ne provient de l'ancien mobilier du palais Soubise.

JULES GUIFFREY,
Administrateur de la Manufacture nationale
des Gobelins.